OBJETS D'ART

ET

DE CURIOSITÉ

DE LA CHINE ET DU JAPON

Appartenant à M. de K...

EX-ATTACHÉ DES DOUANES IMPÉRIALES CHINOISES

A PEKING

DÉSIGNATION

PORCELAINES DE CHINE

1 — Théière quadrilobée en ancienne porcelaine de Chine, époque Kang-shi, décor d'arbustes en fleurs.

2 — Gobelet, décoré d'un personnage auprès d'une haie fleurie. Ancienne porcelaine de Chine, époque Kang-shi.

3 — Pitong cylindrique, décoré de personnages, en ancienne porcelaine de Chine, époque Kang-shi.

4 — Assiette en ancienne porcelaine de Chine, époque Kang-shi, présentant sur fond bleu des réserves à paysages et fleurs.

5 — Coupe, décorée de rochers et de fleurs, en ancienne porcelaine de Chine. Époque Kang-shi.

6 — Deux assiettes en ancienne porcelaine de Chine, époque Kang-shi, présentant chacune au fond un arbuste en fleurs, marli à quadrillés et ustensiles.

7 — Pitong cylindrique en ancienne porcelaine de Chine, époque Kang-shi, décoré de personnages, de rochers, de fleurs et d'inscriptions.

8 — Écran de table en bois ajouré, orné d'une plaque ronde, en ancienne porcelaine de Chine, époque Kang-shi, décorée de personnages.

9 — Plat rond en ancienne porcelaine de Chine, époque Kang-shi, décoré d'arbustes en fleurs et de rochers, marli à carrelages interrompus par six réserves contenant des ustensiles.

10 — Plat rond en ancienne porcelaine de Chine, époque Kang-shi, présentant au fond une haie fleurie, ainsi que des oiseaux et des vases de fleurs. Marli à carrelages interrompus par six réserves de fleurs.

11 — Plat creux en ancienne porcelaine de Chine, époque Kang-shi, présentant des branches fleuries et des oiseaux.

12 — Deux petits plats ronds, décorés chacun
d'une corbeille de fleurs avec petits bouquets
de chrysanthèmes au marli. Ancienne porcelaine de Chine, époque Kang-shi.

13 — Deux chiens de Fô, sur base rectangulaire,
en ancien blanc de Chine.

14 — Deux potiches en ancienne porcelaine de
Chine, décorées chacune de fleurs, de rochers et d'oiseaux.

15 — Deux petits groupes en ancienne porcelaine de Chine, composés chacun d'un personnage debout tenant un vase, accompagné
d'un enfant.

16 — Deux tasses, décorées de fleurs et d'ustensiles, en ancienne porcelaine de Chine, époque
Kien-lung.

17 — Deux petits présentoirs, décorés de rochers
et branches fleuries, en ancienne porcelaine
de Chine, époque Kien-lung.

18 — Deux compotiers en ancienne porcelaine
de Chine, époque Kien-lung, décorés d'une
haie fleurie avec bordure ajourée.

19 — Compotier en ancienne porcelaine de Chine, époque Kien-lung, décoré de fleurs avec étroite bordure carrelée.

20 — Statuette de femme debout en ancienne porcelaine de Chine, époque Kien-lung.

21 — Autre statuette de femme debout en ancienne porcelaine de Chine, époque Kien-lung.

22 — Plaque rectangulaire, présentant un paysage. Porcelaine de Chine, fin de l'époque Kien-lung.

23 — Deux bols, décorés chacun de paysages avec inscriptions. Porcelaine de Chine au nien-haô de Kia-king.

24 — Petit vase ovoïde en céladon gris craquelé de la Chine, orné d'une zone de motifs réguliers.

25 — Deux potiches avec couvercles en ancienne porcelaine de Chine, époque Kien-lung, décorées de lambrequins et d'attributs.

26 — Statuette en ancien grès vernissé de la Chine, de personnage debout, tenant une coupe et vêtu de jaune et vert.

ÉMAUX CLOISONNÉS

27 — Vase en ancien émail cloisonné de la
Chine, à décor de fleurs sur fond bleu. Époque Ming.

28 — Bouteille minuscule en ancien émail cloisonné de la Chine, à fleurs sur fond bleu.
Epoque Ming.

29 — Boîte quadrilobée en ancien émail cloisonné de la Chine, à fleurs sur fond bleu.
Époque Kien-lung.

30 — Petit pitong, décoré de chevaux, en ancien
émail cloisonné de la Chine. Époque Ming.

31 — Théière hexagone en émail cloisonné du
Japon.

32 — Brûle-parfums en laque et émail cloisonné. Travail japonais.

33 — Chauffe-mains sphérique en émail cloisonné du Japon.

IVOIRES CHINOIS

34 — Statuette du dieu de longévité debout en ancien ivoire de la Chine. Époque Ming.

35 — Figurine de personnage à tête de singe, les bras surélevés. Ivoire partiellement teinté de la Chine. Époque Kien-lung.

36 — Fruit en ivoire sculpté, s'ouvrant en deux parties et présentant intérieurement des personnages et des habitations. Travail chinois.

37 — Petit bas-relief en ivoire sculpté, présentant une scène familiale composée de quatre personnages. Travail chinois. Époque Kien-lung.

38 — Petit bas-relief de travail chinois en ivoire, présentant deux divinités; il est appliqué sur fond de bois et encadré également de bois. Époque Kien-lung.

39 — Petite applique en ivoire sculpté de la Chine, présentant un tronc d'arbre, avec branchages chargés de fruits. Époque Kien-lung.

40 — Petite applique en ivoire sculpté, présentant une multitude de personnages et d'habitations. Travail chinois. Époque Kien-lung.

41 — Inro, à décor de dragons, en ivoire sculpté de la Chine. Époque Kien-lung.

42 — Support en ivoire sculpté, ajouré et teinté vert décoré de branchages et de fruits ; sur socle en bois sculpté. Travail chinois.

43 — Deux figurines et un netzuké en ivoire du Japon.

JADES

44 — Deux petits gobelets en jade vert de la Chine et bouton de couvercle en jade gris ajouré de la Chine.

45 — Coupe ovale à une anse, décorée de salamandres, en jade gris taché de rouille de la Chine.

46 — Applique ronde en jade gris ajouré de la Chine.

47 — Petit vase-applique en jade gris de la Chine, décoré d'une zone chargée de petits disques.

48 — Ornement de forme contournée en jade vert de la Chine, simulant un bambou surmonté d'un oiseau.

49 — Petit support à extrémités repliées en volutes en jade gris taché de vert de la Chine.

50 — Petit presse-papier simulant des plantes aquatiques en jade gris de la Chine.

51 — Agrafe en jade gris de la Chine.

52 — Petite applique, ornée de deux singes en jade gris de la Chine.

53 — Applique simulant un dragon en jade gris de la Chine.

54 — Deux petits presse-papiers en cornaline de la Chine.

OBJETS VARIÉS

55 — Grand vase en ancien bronze de la Chine, époque Ming, décoré de motifs irréguliers et de lambrequins, avec disques en relief sur l'épaulement. Anses à têtes chimériques. Support en bois.

56 — Vase en ancien bronze chinois, à col très évasé.

57 — Statuette de Bouddha assis en ancien bronze de la Chine.

58 — Statuette de personnage debout en bronze
laqué, d'ancien travail chinois.

59 — Petite coupe libatoire en forme de fruit
en bronze de la Chine. Époque Ming.

60 — Petit brûle-parfums avec couvercle ajouré,
surmonté d'un chien de Fô. Bronze de la
Chine. Époque Ming.

61 — Petit cornet en forme de losange en bronze
de la Chine.

62 — Deux grands plats ronds en cuivre, avec
incrustations et décor d'insectes. Travail
chinois.

63 — Petit brûle-parfums à anses, avec couvercle ajouré, en bronze japonais.

64 — Pot cylindrique avec couvercle en métal
laqué noir, avec partie dorée. Travail du
Japon.

65 — Boîte ronde en cuivre de Corée, ornée sur
le couvercle d'un oiseau.

66 — Deux statuettes de divinités assises en
bronze du Thibet.

67 — Sabre japonais à fourreau laqué.

68 — Poignard coréen.

69 — Cinq manches de kodzukas.

70 — Bout et anneau de sabre japonais.

71 — Deux petites peintures japonaises, présentant chacune des fruits et des oiseaux.

72 — Kakémono, présentant une impératrice chinoise, vêtue de rouge.

73 — Kakémono japonais, présentant un vieillard accompagné d'une femme.

74 — Deux gravures japonaises en couleurs : Vues de ville.

75 — Grand kakémono, présentant un personnage chinois vêtu de rouge, assis sur un trône.

76 — Kakémono japonais, présentant deux pernages et un arbuste en fleurs.

77 — Grand kakémono, présentant un personnage chinois assis.

78 — Grand kakémono, présentant une impératrice de Chine.

79 — Grand kakémono japonais, présentant des
oiseaux, un cours d'eau, des rochers et des
arbustes en fleurs.

80 — Grand kakémono japonais, présentant une
femme se baissant pour ramasser des ustensiles dans un panier.

81 — Grand kakémono, présentant une femme
et un enfant debout avec inscriptions. Travail
chinois d'époque Kien-lung exécuté au doigt
et signé.

82 — Kakémono japonais, présentant deux oiseaux sur un rocher auprès d'un arbre en
fleurs.

83 — Makémono, présentant trois guerriers. Travail japonais.

84 — Trois petits kakémonos.

85 — Panneau de tenture en soie de la Chine,
présentant de nombreux personnages, des
arbustes et des divinités.

86 — Ceinture chinoise en étoffe, avec plaques
de ceinture en cuivre repoussé.

87 — Robe chinoise en satin, à dessin de dragons.

88 — Statuette en bois sculpté et laqué, d'ancien travail chinois, présentant une divinité debout, le bras droit pendant le long du corps, le bras gauche plié. Époque Ming.

89 — Petit panneau rectangulaire en bois, avec applications présentant un cerf au clair de lune. Travail chinois.

90 — Vase en bambou sculpté de la Chine, orné de personnages en léger relief. Époque Kien-lung.

91 — Règle en bois, surmontée d'un dragon. Travail chinois. Laque de Fou-Tchéou.

92 — Statuette du dieu du contentement en racine de mandragore sculptée. Travail chinois.

93 — Boîte simulant un tonnelet que cherche à ouvrir un démon placé sur le couvercle. Travail japonais.

94 — Encrier de forme oblongue en bois incrusté de burgau. Travail du Tonkin.

95 — Petite boîte en bois incrustée de burgau, décorée d'un papillon sur le couvercle. Travail du Tonkin.

96 — Coupe libatoire en corne de rhinocéros, sur pied en bois sculpté. Travail de l'Indo-Chine.

97 — Pagode en bois laqué, contenant une divinité, en bois laqué. Travail japonais.

98-99 — Deux boîtes de forme contournée en laque rouge de Pékin, décorées de fruits.

100 — Boite rectangulaire, simulant des albums superposés, en laque rouge de Pékin.

101-102 — Six flacons-tabatières variés en agate, cristal de roche, lapis. Ancien travail chinois. (Seront divisés.)

103 — Trois flacons-tabatières, dont un en verre et les autres en porcelaine de Chine.

104 — Deux peintures sur verre encadrées de bois dur sculpté : Femmes dans leur intérieur. Chine, époque Kien-lung.

105 — Porte-montre laqué rouge, avec décor doré, du xviiie siècle.

MEUBLES

106 — Petit meuble-étagère en bois incrusté de
burgau. Travail du Tonkin.

107 — Petit meuble à deux portes en bois sculpté,
muni de glaces à la partie supérieure, les
portes et les côtés étant ornés de panneaux
de laque rouge de Pékin.

108 — Bureau à dos d'âne, muni de deux tiroirs,
en laque rouge et or, à décor de paysages et
personnages de style chinois. L'intérieur est
également laqué rouge et or. xviiie siècle.

109 — Deux consoles-appliques en laque de
Fou-Tchéou : Feuilles entourant un médail-
lon en laque d'or garni de perles.

110 — Table en bois dur, chinoise, à dessus
de marbre et bordure incrustée de burgau.